LE

COMTE DE PARIS

ET

SON DROIT

2e Édition

PARIS

LIBRAIRIE NATIONALE

30, AVENUE VICTOR-HUGO, 30

1885

LE

COMTE DE PARIS

ET

SON DROIT

2e Édition

PARIS

LIBRAIRIE NATIONALE

30, AVENUE VICTOR-HUGO, 30

1885

LE COMTE DE PARIS

ET

SON DROIT

LA LOI SALIQUE

Le 25 octobre 1852, Monsieur le comte
de Chambord publiait un manifeste
pour protester contre l'établissement
du second Empire.

« La Monarchie en France, disait-il,
» c'est la Maison royale de France,
» indissolublement liée à la nation. »

Et, avec la plus scrupuleuse exacti-
tude historique et le plus patriotique
orgueil, Henri de Bourbon ajoutait :

» Pendant quatorze cents ans, seuls,

» entre tous les peuples de l'Europe,
» les Français ont toujours eu à leur
» tête des princes de leur nation et de
» leur sang. »

C'est que dans aucun pays de l'Europe, sans exception aucune et dès l'origine de la Monarchie, la loi de la transmission héréditaire de la couronne n'avait été ni si tôt ni si irrévocablement fixée. Cette loi, qui n'est même pas écrite, dont on ne trouve de formules qu'après des applications réitérées et incontestées, date de l'invasion des Gaules. Elle y fut apportée par la tribu des Francs-Saliens, d'où son nom de Loi salique. En excluant les femmes du trône, en leur déniant tous droits, elle ne répondait pas seulement aux instincts guerriers de nos ancêtres. En empêchant, comme disent les vieux auteurs « le sceptre » de tomber en quenouille », elle sauvait aussi l'unité de la race royale : un prince-époux étranger ne pouvait venir l'altérer.

Observée par les princes, sanctionnée par l'assentiment de la nation, c'est elle qui, dans la dynastie Capétienne, après les Capétiens directs, les Valois, les Valois-Orléans et les Valois-Angoulême, amena au trône en la personne d'Henri IV la Maison de Bourbon, issue de saint Louis par Robert de France, son sixième fils.

C'est encore elle qui, aujourd'hui, après la mort d'Henri de Bourbon, survenue le 24 août 1883, a consacré le droit héréditaire de Philippe, comte de Paris, chef de la branche de Bourbon-Orléans, devenue la Maison de France.

Bien que cette application régulière de l'antique loi française n'ait pu être l'objet d'aucun doute dans l'esprit de

1.

ceux qui conservent le respect et l'affection pour les traditions nationales,
il ne sera peut-être pas sans quelque intérêt de donner très simplement
et très brièvement quelques détails sur
les faits historiques qui ont préparé
cette transmission du droit. Le passé
de la France est tel qu'on est toujours
sûr d'y trouver de belles et bonnes
choses pour encourager, pour enseigner
et conseiller le présent.

LES BOURBONS DE FRANCE

Il serait superflu, presque cruel, au milieu des épreuves que traverse notre pays, de parler longuement du règne d'Henri IV. Les analogies sont trop saisissantes entre la fin du XIXe siècle, où nous vivons, et celle de ce XVIe, si inquiet, si ardent, si troublé. Mais lui, du moins, tandis que nous sommes encore dans l'incertitude et menacés peut être demain d'une guerre d'irréligion, il finit bien. Le Roi demeuré si justement populaire, dont la sagesse fut plus digne d'admiration que son courage même, désarma les partis, rétablit la paix et la concorde, rassura le travail, ranima les forces vitales de la nation et reprit la grande œuvre un instant compromise de l'unité du territoire.

Henri IV eut deux fils, Louis XIII, qui lui succéda, et Gaston, duc d'Orléans, qui ne laissa qu'une fille, celle qu'on appela la Grande Mademoiselle, qui ne se maria point et en qui s'éteignit ce rameau (1).

Louis XIII eut également deux fils. L'aîné régna sous le nom de Louis XIV et fut l'ancêtre de Monsieur le comte

------

(1) C'est par erreur que, dans une brochure émanée de Toulouse, un écrivain sans doute un peu distrait, tout en contestant vaille que vaille les droits de Monsieur le comte de Paris, le faisait petit-fils de Gaston d'Orléans, qui n'a pas eu d'héritiers.

de Chambord. Le second, Philippe, duc d'Orléans, fonda la branche cadette, dont Monsieur le comte de Paris est le chef.

Louis XIV, qui régna soixante-douze ans, vit mourir avant lui son fils, le grand Dauphin, et tous ses petits-fils, à l'exception d'un seul, qui n'était plus Français. Il eut pour successeur, en 1715, un arrière-petit-fils, dernier et unique rejeton d'une lignée naguère si puissante et si étendue.

Louis XV, qui pendant sa minorité avait eu pour régent le duc d'Orléans, premier prince du sang, eut un fils qui mourut avant d'arriver au trône; mais ses trois petits-fils régnèrent l'un après l'autre : Louis XVI, de 1774 à 1793, Louis XVIII, de 1814 à 1824, et Charles X, de 1824 à 1830. Quand Louis XVI périt sur l'échafaud révolutionnaire, il transmit son droit royal à son fils, triste et innocente victime à laquelle l'histoire conserve le titre de Louis XVII, mais que la mort affranchit en 1795 d'un règne nominal, qui ne fut qu'une affreuse torture aux mains de geôliers barbares.

Louis XVIII n'eut pas d'héritiers. Son frère, Charles X, avait deux fils. L'aîné, le duc d'Angoulême, de son mariage avec la fille de Louis XVI, n'eut pas d'enfants. Le second, le duc de Berry, assassiné le 13 février 1820 par un fanatique, ne laissait qu'une espérance. Un fils posthume, le duc de Bordeaux, lui naquit le 29 septembre 1820.

C'est ce prince, le dernier descendant direct de Louis XIV en France, qui pendant cinquante-trois années d'exil, sous le nom de comte de Chambord qu'il avait adopté, gardien inflexible de principes qu'il considérait comme la

réserve suprême du pays, comme le
gage de son salut et de sa prospérité,
a maintenu, avec une majesté que
ses adversaires mêmes étaient obligés
d'admirer, la perpétuité de ce droit que
sa mort sans enfants devait transférer
au premier prince du sang français après
lui, c'est-à-dire à l'aîné des descendants
directs de Louis XIII.

Ainsi s'est opérée sous nos yeux la
dernière application de la loi salique:
comme après Henri III de Valois, elle
avait immédiatement, de son plein
effet et sans contestation admissible
de droit, saisi Henri IV de Bourbon,
remontant bien plus loin qu'aujour-
d'hui, jusqu'à Saint-Louis, pour trouver
la souche commune, de même après
Henri, comte de Chambord, elle a sans
délai, sans intermédiaire, *ipso facto*,
pleinement et absolument investi Philippe, comte de Paris.

LES BOURBONS D'ESPAGNE

La descendance directe de Louis XIV, éteinte en France, subsiste encore en Europe, mais représentée par des princes à qui leur nationalité étrangère, des renonciations solennelles et le droit public européen ont enlevé toute licence de revendiquer chez nous quelque rang ou quelque titre que ce soit.

En effet, le seul des petits-fils de Louis XIV qui ne soit pas mort avant son aïeul, Philippe, second fils du

Grand Dauphin, renonça volontairement, en 1700, au duché d'Anjou, qu'il avait reçu en apanage, pour accepter, avec l'autorisation de son grand-père, la couronne d'Espagne, à laquelle l'appelait le testament du Roi Charles II, dernier descendant de Charles-Quint en Espagne.

Les mariages successifs de Louis XIII avec Anne-Marie, fille de Philippe III d'Espagne, et de Louis XIV avec Marie-Thérèse, fille de Philippe IV, avaient ouvert ces droits à la maison de Bourbon. Charles II les reconnut par son testament, mais en fixant son choix, non sur l'aîné, qui devait être destiné à la couronne de France, mais sur le second de ses petits-neveux.

Philippe V, proclamé Roi d'Espagne à Madrid le 24 novembre 1700, fit son entrée dans ses États le 24 avril 1701. Douze ans de guerre devaient lui être nécessaires pour s'y consolider. L'archiduc Charles, second fils de l'empereur Léopold Ier lui en contestait la possession, à tort, il est vrai, mais soutenu par l'Allemagne, l'Angleterre, les États de Hollande, la Prusse et le Portugal. La jalousie et peut-être même la sécurité de l'Europe ne pouvaient admettre qu'il n'y eût plus de Pyrénées. Après des alternatives de succès et de revers, le Congrès d'Utrecht (1712-1713) aboutit enfin à l'établissement définitif de Philippe V et de sa dynastie en Espagne.

Là, les hautes parties contractantes avaient, au nom de l'Europe, et comme faisant en quelque sorte l'office de greffier ou de notaire international, pris acte de déclarations très formelles, de renonciations expresses, dûment et catégoriquement formulées, jurées et enregistrées, qui séparaient à tout ja-

mais les deux branches de la maison
de Bourbon. A l'une, l'héritage de
Saint-Louis, à l'autre celui de Philippe II, mais jamais de confusion.
Leurs droits étaient reconnus, mais
définis, distingués et tranchés de telle
façon qu'il ne fût plus possible ni
permis de jamais les mêler.

En fait pas plus qu'en droit, jusqu'à
nos jours, il n'a été porté ni même
tenté aucune atteinte à ce pacte.

La *Casa de Borbon* a changé en Espagne son nom et ses armes, elle y a
pris celles de ses nouveaux royaumes,
elle s'y est attachée et comme rendue
nationale. Elle ne pouvait, d'ailleurs,
en agir autrement dans l'intérêt bien
entendu de sa tranquille possession.
Que ceux qui ont quelque peu pra-
tiqué le peuple espagnol, ce peuple si
fier, si jaloux de son indigénat, nous
disent s'ils pensent qu'un prince étran-

ger y eût été longtemps toléré, s'il eût
pu y faire souche de Rois et y im-
planter une dynastie.

Philippe V, le jour où il a mis le
pied sur le sol espagnol, ne le savait
pas encore; il avait emporté des lettres
patentes de Louis XIV qui lui main-
tenaient ses droits éventuels en France,
mais après quelques années de lutte,
ayant connu son peuple, il comprit
facilement qu'il fallait faire un choix
ou tout perdre. S'il voulait demeurer
Français, il n'avait qu'à rentrer à Versailles. S'il voulait dormir à l'Escurial,
il fallait être Espagnol, et il le fut.
Ses fils, qui n'étaient pas nés encore
lors de ses renonciations, don Carlos III,
qui fut Roi d'Espagne, et don Filippo,
duc de Parme, ne manquèrent pas d'y
adhérer par des stipulations confirma-
tives dans les traités de Vienne, en 1735,
et d'Aix-la-Chapelle, en 1748.

2

LES RENONCIATIONS DE PHILIPPE V

Les textes des actes nombreux et
successifs, par lesquels furent énon-
cées, ratifiées et sanctionnées les renonciations réciproques qui devaient
détacher à perpétuité de la Maison de
France la Maison espagnole de Bourbon, sont intégralement reproduits
dans une publication en cinq volumes,
qui fut éditée à Utrecht en 1713 sous
ce titre : *Actes, mémoires et autres pièces*

authentiques concernant la paix d'Utrecht (1).
C'est indiquer que nous devrons nous
borner à de courtes citations, desti-
nées uniquement à faire comprendre
le caractère à la fois spontané, sincère
et irrévocable de ces décisions souve-
raines et l'inattaquable régularité de
leur forme.

Philippe V qui, nous ne saurions
trop le répéter, avait senti la nécessité
absolue de se naturaliser Espagnol
pour régner en Espagne, voulut asso-
cier ses peuples à l'acte solennel qu'il
préparait, il leur fit connaître ses in-

---

(1) Les renonciations ont été également publiées
en un volume qui a paru à Paris *par privilège du
Roy*, chez François Fournier, libraire, rue Saint-
Jacques, *aux armes de la Ville*, en 1713.
Les renonciations de Philippe V y figurent en
langue française et en langue espagnole ; celles du
duc de Berry et du duc d'Orléans sont en français
seulement.

tentions et convoqua les Cortès par
une lettre adressée le 6 septembre 1712
à tous les électeurs.

Les Cortès ayant été réunies, le 5 novembre à Madrid, le Roi, en présence
de quarante témoins choisis parmi les
personnages les plus illustres et les
plus qualifiés, fit dresser par don
Manuel Vadillo y Velasco, notaire et
écrivain public du Royaume, le texte
de sa renonciation, il en jura l'observation sur les Évangiles, la signa, y
fit le 7 du même mois mettre le sceau
royal pour en garantir l'authenticité,
et le 9 l'envoya porter aux Cortès par
le comte de Gramedo, gouverneur de
Castille.

En voici les traits les plus sail-
lants :

Il a été convenu de ma part et de celle du
Roy mon grand père que, pour éviter en
quelque temps que ce soit l'union de cette

monarchie à celle de France, il se fit des renonciations réciproques, *pour moy* ET TOUS MES
DESCENDANTS à la succession de la monarchie
de France le cas avenant, et de la part des
princes de France et toute leur ligne présente
et à venir à la succession de la Monarchie
d'Espagne, faisant réciproquement une abdi-
cation volontaire de tous ces droits que les deux
maisons royales d'Espagne et de France pourraient avoir de se succéder mutuellement, *sé-
parant* par les *moyens justes* de ma renonciation
ma branche de la tige royale de France et toutes
les branches de France de la tige du sang royal
d'Espagne.

En conséquence de ce qui est ci-dessus exposé,
et *pour témoigner au peuple espagnol mon affection
et ma reconnaissance pour celle qu'il me montre*,
autant pour remercier la divine Providence
de la grâce qu'elle m'a faite en me plaçant
sur le trône de tant d'illustres et bien méri-
tants vassaux, j'ai résolu d'abdiquer pour moy
et tous mes descendants le droit de succéder
à la couronne de France, *désireux que je suis
de vivre et de mourir avec mes chers sujets espagnols, et en léguant à toute ma descendance le lien
inséparable de leur fidélité et de leur amour*. Et
pour que cette résolution ait l'effet voulu,
comme aussi, à fin de mettre à néant ce qui a

été jugé être l'une des principales causes de la guerre, qui jusqu'alors a désolé l'Europe, de mon proprio motu, de ma libre et entière volonté et selon mon plaisir :

Moy, don Philippe, par la grâce de Dieu, roy de Castille, de Léon, d'Aragon, etc. etc., je renonce par le présent acte, *pour toujours et à jamais,* pour moy-même et pour mes *héritiers et successeurs,* à toutes prétentions, droits et titres que moy OU QUELQUES AUTRES DE MES DESCENDANTS QUE CE SOIT, ayent dès à présent ou puissent avoir *en quelque temps que ce puisse être à l'avenir,* à la succession de la couronne de France.

» Je les abandonne et m'en désiste pour moy et pour eux, et je me déclare et me tiens pour exclu et séparé, moy et mes enfants *héritiers et descendants perpétuellement,* pour exclus et inhabiles *absolument et sans limitation, différence ny distinction de personne, de degré, sexe et temps* de l'action et du droit de succéder à la couronne de France.

» Et je veux que l'on regarde ce droit comme passé et transféré à celui qui trouvera suivre en degré et immédiat au Roy par la mort duquel la vacance arrivera et auquel successeur immédiat on déférera la succession de ladite couronne de France *en quelque temps et*

en quelque cas que ce soit afin qu'il l'ait et la pos-
sède comme légitime et véritable successeur, DE
MÊME QUE SI MOY ET MES DESCENDANTS
N'EUSSIONS PAS ÉTÉ NÉS NI NE FUSSIONS
PAS AU MONDE. **Parce que nous devons être te-**
nus et reputés pour tels.

» Je veux et consens pour moy-même et
pour mes descendants que dès à présent ce
droit *soit regardé et considéré comme passé et trans-*
féré au duc de Berry, mon frère, et à ses enfants et descendants mâles nés en légitime
mariage et, *au défaut* de ses lignes masculines,
AU DUC D'ORLÉANS MON ONCLE, ET A
SES ENFANTS ET DESCENDANTS MALES,
NÉS EN LÉGITIME MARIAGE.

» *Je promets et m'oblige* EN FOY ET PAROLE DE
ROY que de ma part et de celle de mes enfants
et descendants *nés et à naître*, je procurerai
l'observation et l'accomplissement de cet acte,
sans permettre ny consentir qu'il y soit con-
trevenu directement ou indirectement, en tout
ou en partie.

» Si, sous quelque prétexte, nous voulions
nous emparer dudit royaume de France par la
force des armes, faisant ou excitant une guerre
je veux dès à présent qu'elle soit tenue, jugée
et déclarée pour illicite, injuste, mal entre-
prise et par violence, invasion et usurpation,

faite *contre la raison* et *contre la conscience*. Et
qu'au contraire l'on juge et qualifie pour juste,
licite et permise celle qui sera faite ou exci-
tée par celui qui, au moyen de mon exclusion
et de celle de mes enfants et descendants, de-
vra succéder à ladite couronne de France ; que
ses sujets et naturels ayent à le recevoir, à
lui obéir, à lui prêter le serment et hommage
de fidélité comme à leur Roy, et à le servir.

» J'engage de nouveau ma foy et parole royale,
ET JE JURE SOLENNELLEMENT PAR LES
ÉVANGILES CONTENUES EN CE MISSEL
SUR LEQUEL JE POSE LA MAIN DROITE
QUE J'OBSERVERAI, MAINTIENDRAI ET
ACCOMPLIRAI LE PRÉSENT ÉCRIT ET ACTE
DE RENONCIATION, TANT POUR MOY QUE
POUR MES SUCCESSEURS, HÉRITIERS ET
DESCENDANTS dans toutes les clauses qui y
sont contenues, selon le sens et la construc-
tion le plus naturel, le plus littéral et le plus
évident.

Loin que l'on puisse prétendre qu'une
déclaration si forte, si catégorique, si
définitive, ait été imposée au Roi d'Espagne et à son peuple contraints de
céder à des vainqueurs, c'est par des

marques de joie et de reconnaissance
que les Cortès l'accueillent. Elles y ré-
pondent par une adresse pleine de
chaleureux remerciements.

Dans ces conditions, dit l'adresse, *ne prenant
conseil que de sa vive affection pour le peuple espagnol, qui lui est fidèle,* Votre Majesté n'a pas
hésité à préférer cette monarchie à la couronne
de France, et devant une telle détermination
*les expressions nous manquent absolument pour vous
exprimer notre vive et éternelle gratitude.*
... Les états du royaume désirant pour leur
part contribuer à l'accomplissement de la royale
intention de Votre Majesté, en admettant même
que cela serait nécessaire pour donner plus
grande autorité, validité et consistance à l'acte,
approuvent et confirment la renonciation que votre
Majesté a daigné faire *pour elle et pour toute sa
descendance* royale à la monarchie de France,
avec cette circonstance qu'une renonciation ana-
logue a été faite par les princes de cette maison et au nom de leur descendance à la couronne d'Espagne.

Les Cortès vont plus loin; elles
prient le Roi « d'ordonner l'abolition

de tout ce qui serait contraire », et
« d'établir par une loi fondamentale
les renonciations précitées. »

Cette ordonnance, le Conseil du roi
entendu, est rendue en forme de loi le
18 mars 1713, et, le'13 juillet de la
même année Philippe V, au Congrès
d'Utrecht, renouvelant et confirmant
ces déclarations *de la manière la plus sa-
crée*, les fait insérer dans le traité de
paix pour leur donner la consécration
solennelle d'une sorte d'engagement
international. Elles font désormais
partie du droit public européen.

LES LETTRES PATENTES DE LOUIS XIV

Il nous reste à montrer maintenant qu'en France les actes ne furent point passés avec moins de correction et de précision qu'en Espagne.

A la renonciation que faisait Philippe V de ses droits éventuels à la couronne de France en faveur de son troisième frère le duc de Berry et de son oncle le duc d'Orléans, ces deux princes répondaient par une pareille et formelle renonciation pour eux et leurs descendances à toutes prétentions

3.

au trône d'Espagne. Ils s'en excluaient
à perpétuité, comme Philippe V s'était
exclu, et ainsi était à tout jamais con-
sommée, comme il l'avait dit dans sa
déclaration, *par ces justes moyens la séparation de sa branche avec la tige royale
de France.*

La sanction suprême du chef de la
maison de Bourbon, du Roi Louis XIV
intervint.

Le 15 mars 1713 furent enregistrées
au Parlement de Paris, les princes du
sang, les pairs de France ecclésiastiques et laïques étant présents, les lettres patentes *qui admettent les renoncia-
tins du roy d'Espagne, de monseigneur le
duc de Berry et de monseigneur le duc d'Orléans, et qui suppriment les lettres patentes
du mois de décembre 1700.*

Il convient d'en citer les disposi-
tions essentielles :

LOUIS, par la Grâce de Dieu, Roy de France

et de Navarre, etc., à tous présents et à venir,
salut.

De notre grâce spéciale, pleine puissance et
autorité Royale, nous avons dit, statué et or-
donné, et par ces présentes signées de notre
main, disons, statuons et ordonnons, voulore
et nous plaist que ledit acte de renonciation
de nostre dit frère et petit-fils le Roy d'Espagne
ceux de nostre dit petit-fils le Duc de Berry
et de nostre dit neveu le Duc d'Orléans, **que
nous avons admis et admettons,** soient
enregistrés dans toutes nos cours de parlemens
et chambres de nos comptes de notre Royaume
et autres lieux où besoin sera pour être exécuté
selon leur forme et teneur; et en conséquence
voulons et entendons que nos dites lettres patentes du mois de décembre 1700 soient et demeurent nulles et comme non avenues; qu'elles
nous soient rapportées et qu'à la marge des
registres de nostre dite cour du parlement et
chambre des comptes où est l'enregistrement
desdites lettres patentes, l'extrait des présentes
y soit mis et inséré pour mieux marquer nos
intentions sur la révocation et nullité desdites
lettres.

. . . .

Voulons que conformément audit acte de
renonciation **de nostre dit frère et petit-**

**fils le Roy d'Espagne, il soit désormais
regardé et considéré comme exclu de
notre succession; que ses héritiers,
successeurs et descendans en soient
aussi exclus à perpétuité et regardés
comme inhabiles à la recueillir.**

Entendons qu'à leur défaut, tous droits qui
pourraient en quelque temps que ce soit com-
peter et appartenir sur nostre dite Couronne
et succession de nos États soient et demeurent
transférés à nostre très cher et très aimé petit-
fils le Duc de Berry et ses enfants et descen-
cendans mâles, nés en loyal mariage, et succes-
sivement à leur défaut, à ceux des princes de
nostre maison Royale et leurs descendans qui
*par le droit de leur naissance et l'ordre établi de-
puis la fondation de nostre Monarchie,* devront
succéder à notre Couronne.

Donné à Versailles au mois de mars, l'an de
grâce mil sept cent treize, et de nostre règne
le soixante-dixième. (Signé) Louis. »

(Plus bas) Par le Roy : Phelyppaux.

Et tout à fait au bas : le grand sceau en
cire verte sur lacs de soye rouge et verte.

Moins d'un mois après l'enregistrement de ces lettres patentes, Louis XIV
faisait faire de leur confirmation

au Congrès d'Utrecht l'objet d'un article très explicite, dont voici le texte même :

Puisque l'on convient qu'il est absolument nécessaire d'empêcher que les couronnes de France et d'Espagne ne puissent jamais être unies sur la tête d'un même roi et de pourvoir par ce moyen à la sûreté et à la liberté de l'Europe ; et que sur les instances très fortes de la reine de la Grande-Bretagne, et du consentement tant du roi très chrétien que du roi catholique, ont été trouvés les moyens d'empêcher cette réunion pour toujours par *des renonciations faites dans les termes les plus forts*, et passés à Madrid dans le mois de novembre dernier, *de la manière la plus solennelle*, et par la déclaration des Cortès là-dessus.

Et puisque par lesdites *renonciations et déclarations, qui doivent toujours avoir la force de loi pragmatique fondamentale et inviolable*, il y a été arrêté et pourvu, que *ni le roi catholique lui-même, ni aucun de ses descendants, ne puisse à l'avenir prétendre à la couronne, moins encore monter sur le trône*.

Et d'autant que par des renonciations réciproques de la part de la France, qui tendent au même but, les deux couronnes de France

et d'Espagne sont tellement séparées et désu-
nies l'une d'avec l'autre, que (lesdites renonciations, transactions, et tout ce qui y a rap-
port demeurant dans leur vigueur, et étant
observés de bonne foi) lesdites deux couronnes ne pourront jamais être unies. — C'est
pourqoi le roi très chrétien et Lesd. Seigneurs
États se promettent et s'engagent mutuellement et de la manière la plus forte, qu'il ne
sera jamais rien fait ni par Sa Majesté Très
Chrétienne, ses héritiers et successeurs, ni par
les dits Seigneurs États, *ni permis ou souffert*
que d'autres fassent, que lesdites *renonciations*,
transactions, *transports* et tout ce qui y a rap-
port, *ne sortent leur plein et entier effet* ; mais au
contraire, S. M T. C. et les Seigneurs États
prendront toujours soin. et joindront leurs conseils et leurs forces, afin que lesdits *fondements
du salut public demeurent toujours inébranlables et
soient observés inviolablement.*

Se peut-il imaginer quelque chose
de plus complet et de plus fort? et,
tant qu'il demeurera quelque bonne
foi dans le cœur des Rois et des peuples, pourra-t-on jamais contester la
valeur d'un tel pacte, entouré de tou-

tes les garanties que pouvaient suggérer le droit public et le droit privé?

Il nous faut cependant écarter par de très simples explications deux objections, qui ont été présentées dans une petite feuille hebdomadaire et dans une réunion privée très peu nombreuse tenue récemment. Bien qu'elles n'aient pu être prises au sérieux que par des journaux répucains, où les légitimistes n'avaient pas coutume d'aller chercher leur règle et leur doctrine, un mot de réponse ne sera pas inutile.

On a d'abord contesté à Philippe V le droit de faire des renonciations tant pour lui que pour ses descendants à naître et à Louis XIV celui de les accepter. Chose bizarre! on a eu l'idée d'invoquer contre ces deux souverains une disposition du Code civil français, qui déclare, en effet,

nulle toute renonciation à une succession qui n'est pas ouverte. Assurément, ni Sa Majesté Très Chrétienne,
ni Sa Majesté Catholique, comme on
disait au temps du traité d'Utrecht,
n'avaient prévu qu'un jour viendrait
où, par un prétendu purisme monarchique, au nom de la loi salique, on
leur reprocherait de ne pas s'être con-
formés d'avance aux prescriptions d'un
droit nouveau, issu de la Révolution
et promulgué par Napoléon Bonaparte,
premier consul de la République. Ils
s'en étaient tenus au droit de leur
temps, à l'ancien droit, sous le ré-
gime duquel ces renonciations étaient
non seulement permises, mais très fré-
quentes. Nous n'en indiquerons qu'un
cas très souvent appliqué. L'État re-
connaissant alors les vœux perpétuels
de religion, il était nécessaire que les
personnes qui voulaient s'y engager

réglassent leur situation envers la famille qu'elles allaient laisser dans le monde, et, s'en étant séparées, devinssent à son égard, comme Philippe V voulait que fussent ses descendants envers la couronne de France, *comme si elles n'étaient pas nées.*

L'autre objection n'est pas plus sincère ni plus logique. En admettant que Philippe V ait le droit de renoncer, Louis XIV, prétendent ces raffinés, ne pouvait accepter sans la ratification des États généraux.

Qu'allez-vous laisser subsister de l'histoire de France, et qu'est-ce qui ne sera pas nul, si l'on ne pouvait rien faire sans les États généraux?

Voilà un argument dont ne se sont pas avisés les juristes allemands, pourtant assez minutieux, contre la réunion de l'Alsace, à laquelle Louis XIV n'avait pas intéressé les États géné-

4

raux. Ce n'est cependant pas en vertu d'un droit justement revendiqué, n'est-ce pas? c'est simplement parce que nous avons été trahis par le sort des armes, que nous l'avons perdue sous la troisième République.

Croyez-vous que les puissances contractantes au congrès d'Utrecht, si elles avaient estimé cette formalité nécessaire pour la validité des actes, ne l'auraient pas exigée? Il n'en était rien, et il était alors de droit public que les lettres patentes devaient suivre leur plein et entier effet après leur enregistrement dans un lit de justice, où siégeaient les princes du sang, les pairs ecclésiastiques et laïques, représentants des anciens barons qui reconnurent Hugues Capet pour leur Roi.

Quand nous aurons ajouté que ceux-là, qui font un crime à Louis XIV de

n'avoir pas soumis les renonciations
de Philipppe V à une assemblée nationale élective, sont les mêmes qui
repousseraient volontiers Monsieur le
Comte de Paris, parce qu'il ne comprend pas la Monarchie à la turque,
nous n'aurons plus qu'à nous excuser
auprès du lecteur de nous être attardé
à discuter semblables puérilités, après
avoir mis sous ses yeux de si graves
et si concluants documents.

DEPUIS CENT QUATRE-VINGT-QUATRE ANS

Il y a maintenant cent quatre-vingt-quatre ans que Philippe V abandonna son apanage d'Anjou pour accepter la couronne d'Espagne, et cent soixante-douze ans qu'il renonça pour lui et pour toute sa descendance à la qualité, ne fût-ce qu'éventuelle, de Français.

Dès 1710, le Roi Louis XIV disposait du titre de duc d'Anjou ; il le donnait à son arrière-petit-fils, à un enfant qui le porta jusqu'au jour où il devint Louis XV.

4.

C'est donc à tort que, dans une certaine coterie et généralement dans toute la presse républicaine, on affecte de prêter à la maison des Bourbons d'Espagne, de Naples et de Parme le nom de maison d'Anjou, auquel ces princes ne peuvent prétendre ni ne réclament aucun droit. S'il y avait eu une maison d'Anjou, son représentant aurait été Monsieur le Comte de Chambord, dernier héritier du dernier duc d'Anjou, son trisaïeul, et aujourd'hui elle serait éteinte.

Au reste, depuis les premières années du xviiie siècle il serait impossible de retrouver dans les annales et dans les cérémonies, où leur rang, s'ils l'avaient gardé, eût dû les faire figurer, aucune trace des princes devenus étrangers. Ils ne sont plus pairs de France, comme ils le seraient par droit de naissamce, s'ils étaient *accessibles à la couronne ;* ils n'assistent plus aux sacres ; ils sont exactement comme l'avaient stipulé les renonciations, à l'égard de la France, comme s'ils n'étaient pas au monde.

La première et la seule fois qu'il ait été parlé d'eux et de leurs revendications possibles, c'est à l'Assemblée nationale, quand elle élabora la Constitution de 1791. Deux séances furent consacrées à cette discussion, des orateurs furent entendus dans l'un et l'autre sens, et, finalement, la question fut, sans avoir été résolue au fond, écartée par un ajournement. On se borna à adopter, sur la proposition de Mirabeau, qu'en cas de minorité *la Régence appartient au parent du Roi le plus proche au degré, suivant l'ordre de l'hérédité au trône, et âgé de vingt-cinq ans accomplis*, **pourvu qu'il soit Français et régnicole, etc.**

Quand le comte de Provence, Louis

XVIII, proteste contre l'établissement
de l'Empire, il appelle à signer avec
lui tous les princes qui sont solidaires
de ses droits, son frère, le comte
d'Artois; ses neveux, le duc d'Angou-
lème et le duc de Berry; ses cousins
le duc d'Orléans, le duc de Montpen-
sier, le comte de Beaujolais, le prince
de Condé et le duc de Bourbon. Aucun
des descendants de Philippe V n'est
convié à prendre part à cet acte con-
servatoire des droits de la Maison.

Sous la Restauration, prenez l'*Annuaire Royal officiel* et vous verrez le
duc d'Orléans, premier prince du sang,
marchant immédiatement après le duc
de Bordeaux, et si cet enfant venait à
manquer, pas un doute ne s'élève sur
la transmission de la couronne, sur
l'avènement légitime de la branche
cadette.

Voici un témoin dont le récit ne

sera pas suspect, c'est le comte de
Mesnard, le fidèle écuyer de la duchesse de Berry. Il raconte dans ses
mémoires qu'un jour, en 1819, le duc
de Berry, ayant pris sur ses genoux le
jeune duc de Chartres, celui qui devait être le père de Monsieur le comte
de Paris, le caressait en disant à Louis-
Philippe d'Orléans et à la duchesse
Marie-Amélie :

Ce gros garçon, peut être un jour Roi de
France, ma femme peut n'avoir plus d'enfants,
ou ne me donner que des filles : *alors la cou-*
ronne lui reviendrait de plein droit.

La même conviction, la même foi
monarchique inspirait Chateaubriand,
quand en 1836, à Prague, il conseillait
à Henri de Bourbon exilé, de tenter
un coup de force pour reconquérir son
royaume. Préoccupé avant tout de
l'avenir du principe, il lui présentait

cet argument d'une singulière énergie,
qu'il a lui-même consigné dans ses
Mémoire d'Outre-tombe :

Si vous êtes vainqueur, la légitimité est ré-
tablie ; si, au contraire, vous périssez dans la
lutte, votre principe triomphe également, car
Louis-Philippe devient, par votre mort, le Roi légitime.

Certes, on eût grandement étonné le
duc de Berry ou Chateaubriand, si on
eût eu l'idée bizarre de prononcer un
nom étranger quand il s'agissait de la
couronne de France (1).

(1) Tel était aussi le sentiment de Charles X.
Nous en avons un précieux témoignage dans
une lettre, à laquelle la signature de l'un des
officiers généraux les plus justement respectés
de notre armée donne un caractère d'authenticité indiscutable. M. le général comte de Geslin, fils d'un ancien officier supérieur et maréchal
des logis des Rois Louis XVIII et Charles X,
a bien voulu nous affirmer les détails suivants :
« Mon père, dit le général, dont la plus

Ajoutons, pour être juste et vrai, qu'on n'eût pas moins étonné Monsieur le comte de Chambord.

» grande satisfaction était de me parler des
» princes pour lesquels il avait tout sacrifié,
» carrière et fortune, me rappelait souvent ce
» qu'il avait entendu dire au Roi Charles X, à
» Prague, où il passa six mois au moment de la
» majorité de Monsieur le duc de Bordeaux
» (1834). Un grand nombre de Français étaient
» venus pour saluer le jeune prince. Un soir
» Charles X faisait sa partie de whist ; quel-
» ques-uns des visiteurs, croyant faire leur cour
» au royal exilé, parlaient des princes d'Or-
» léans en termes peu respectueux. Le vieux
» Roi, qui prêtait l'oreille à la conversation,
» se leva majestueusement, imposa immédiate-
» ment silence en disant : *Messieurs, on ne parle*
» *jamais ici des princes d'Orléans, qui peuvent*
» *devenir un jour vos Rois légitimes.* »

M. le général de Geslin nous dit encore :
« Louis XVIII avait refusé pendant long-
» temps de rendre ses apanages au duc d'Or-
» léans, plus tard Louis-Philippe. Quand on
» lui en demandait la raison, il répondait : —
» *Il est déjà si près du trône !* Mon père m'a cité

Ce fut la gloire particulière à ce prince, c'est le titre qui assurera à son nom les hommages de l'histoire, d'ètre demeuré, pendant son long exil comme il aimait à s'en vanter, *Français de la tête aux pieds.*

Il a eu, à un degré éminent, le culte des traditions nationales, dont il se considérait comme le dépositaire, mais qu'il se regardait comme impuissant à aliéner ou même à modifier. Sans avoir régné de fait, il a porté dans son cœur la conscience la plus royale de l'Europe. Il a cru à son droit avec autant de sincérité que de respect. Ceux qui l'ont bien connu pourraient dire à quels sacrifices il s'est condamné pour en accomplir dans leur plénitude les obligations rigoureuses.

» souvent cette parole qu'il avait entendue
» lorsqu'il était de service aux Tuileries. »

Cette nature vive, ardente, expansive, douée pour la vie active, s'est résignée à ce majestueux isolement où la mort est venue le prendre. Esclave d'un rang, dont il n'a connu que les contraintes, d'une mission, qu'on lui a dénié de remplir, enfermé pour ainsi dire dans ce rôle hiératique de conservateur de l'hérédité monarchique, il n'a eu qu'une passion, celle de la maintenir et la transmettre intacte.

Aussi les témoins autorisés de la visite du 5 août 1873 ont-ils vu les larmes couler de ses yeux quand Monsieur le comte de Paris lui adressa la loyale déclaration qui rétablissait l'unité dans la Maison de France.

Des royalistes dignes de toute créance, des amis personnels du prince ont rendu publiquement témoignage des sentiments qu'il avait manifestés de tout temps, même bien longtemps

avant cette heureuse réunion. Naguère
encore on reproduisait un entrefilet
de la *Gazette de France*, du mois de
septembre 1849. On y racontait que
Monsieur le comte de Chambord,
sollicité de ne point s'arrêter à Colo-
gne, où sévissait le choléra, avait
répondu. — « Cela ne fait rien, *si je
mourais, le Roi légitime serait le Comte de
Paris.* » Le droit avait toujours pour
lui primé toutes les questions de personnes. Mais il y a quelque chose de
plus éclatant que tous les souvenirs
intimes, ce sont les actes publics d'un
prince qui ne savait pas mentir et
qui avait une telle horreur de l'équi-
voque qu'il n'a pas même voulu pro-
fiter de celles dont il n'était pas l'au-
teur responsable.

Le 13 septembre 1873, Monsieur le
comte de Chambord, dans une lettre
rendue publique par son ordre, écrit

au vicomte de Rodez-Bénavent, député
de l'Hérault :

Quant à la réconciliation si loyalement ac-
complie dans la Maison de France, dites *à
ceux qui cherchent à dénaturer ce grand acte* que
tout ce qui a été fait le 5 août a été bien fait,
dans l'unique but de rendre à la France son
rang et dans les plus chers intérêts de sa
prospérité, de sa gloire et de sa grandeur.

Le 22 octobre 1873 il écrivait à
M. Chesnelong.

On parle de conditions. M'en a-t-il posé, ce
jeune prince, *dont j'ai ressenti avec tant de
bonheur la loyale étreinte* et qui, n'écoutant que
son patriotisme, venait spontanément à moi,
m'apportant, au nom de tous les siens, des
assurances de paix, de dévouement et de
réconciliation.

Dans le manifeste du 2 juillet 1874,
s'adressant aux Français, il leur disait
encore :

La Maison de France est sincèrement et

loyalement reconciliée. Ralliez-vous confiants derrière elle. Trève à nos divisions, pour ne plus songer qu'aux maux de la patrie.

Plus tard la maladie l'a terrassé, elle l'étreint, il est mourant, les médecins défendent l'accès de sa chambre ; mais Monsieur le comte de Paris, Monseigneur le duc de Nemours et Monseigneur le duc d'Alençon sont arrivés aussitôt à Vienne. Quelques arguties que tentent d'accréditer des narrateurs systématiquement malveillants , de tous les récits ressortent deux vérités incontestables que précisait ainsi un récent article du journal le *Français* : « la pre-« mière, c'est qu'aussitôt que Monsieur « le comte de Chambord a su que les « princes étaient à Vienne, il les a « fait venir à Frohsdorf ; la seconde, « c'est qu'aussitôt qu'il a su qu'ils « étaient à Frohsdorf, il les a fait « entrer dans sa chambre. »

Les détails, que Mgr le duc de Nemours donna à sa fille sur cette scène grandiose et touchante, sont demeurés dans toutes les mémoires royalistes. On sait et on n'oubliera jamais comment Henri de Bourbon serra son héritier sur son cœur, comment sa main défaillante avait peine, au moment de la séparation, à se détacher de celle à laquelle il remettait le dépôt sacré du droit si fidèlement gardé.

A ce moment, aucun des princes de la famille privée de Monsieur le comte de Chambord, aucun des enfants de sa sœur, qu'il avait élevés, ni le duc de Parme, ni le comte de Bardi, ni la duchesse de Madrid, ni la grande-duchesse de Toscane, n'avaient été reçus par l'auguste malade. Ils ne devaient venir et ils ne vinrent qu'après les princes français.

Aussi serait-il inutile à des rancunes

5.

sans qualité, à des vanités subalter-
nes, d'essayer pas de sophistiques niai-
series d'obscurcir la loyauté désormais
historique de cette grande attitude
royale. Les paroles écrites et les actes
incontestés protesteraient par eux-mê-
mes, et c'est à peine si l'on aurait
besoin d'invoquer encore les témoi-
gnages les plus autorisés, comme celui
de l'honorable baron de Raincourt,
qui écrivait l'autre jour avec une gé-
néreuse indignation :

La mémoire de Monsieur le comte de Chambord reçoit une *injustifiable* atteinte. Ses paroles
et ses actes sont dénaturés.

Non, heureusement, une telle mémoire est trop au-dessus de si mesquines atteintes, et ce prince a pendant
sa vie trop aimé la vérité pour qu'elle
ne le défende et ne le protège pas
après sa mort.

Il a pris soin lui-même de montrer jusqu'au bout sa scrupuleuse déférence envers le principe qu'il avait trop longtemps personnifié pour le méconnaître en autrui. Il ne s'est même point permis de laisser un testament politique. Il aurait cru faire acte d'empiètement, presque d'usurpation. Comme il avait prétendu défendre contre toute tentative d'immixtion incompétente sa prérogative royale, il n'aurait pas voulu toucher par avance à celle de son héritier. Les Rois ni les Papes ne testent pas. Vivants, ils règnent. Morts, ils vont à Dieu rendre leurs comptes. Leur successeur devient aujourd'hui ce qu'ils étaient hier. Celui d'un Roi de France n'a pas à être désigné. Monsieur le comte de Chambord ne l'avait été par personne et n'avait non plus personne à investir. Le droit opère par sa propre vertu, il saisit l'héritier, où

et quel qu'il soit. Louis XI était en
armes contre son père quand de re-
belle il devint Roi. Henri IV, Louis XIII,
Louis XIV laissèrent des testaments, on
ne les porta au Parlement que pour les
casser (1). La tradition monarchique
n'a jamais varié sur ce point, et il a
fallu à quelques-uns ou bien de l'igno-
rance ou bien de la mauvaise foi pour
essayer de voir dans le respectueux
silence de Monsieur le comte de Chambord autre chose qu'une dernière et écla-
tante marque de sa confiance absolue
en la toute-puissance du principe.

(1) Encore faut-il bien remarquer que ces
testaments ne touchaient pas au droit héréditaire du successeur, appelé par le fait seul de
sa naissance, mais à la constitution et à l'or-
ganisation des conseils de Régence. Même sur
ce point particulier, notamment en ce qui con-
cerne le testament cassé de Louis XIV, le droit
de la naissance l'a emporté en la personne de
Philippe d'Orléans.

LA FRANCE ET LES ROYALISTES

Quand, il y a un an, le parti royaliste, plus nombreux qu'on ne le
croyait, ce parti qui comptait dans
son sein des fidélités si anciennes, si
désintéressées, si respectables, fut
frappé par la perte de son chef, il
donna un grand exemple de discipline
et de patriotisme. On ne put signaler
ni une défection, ni une rébellion no-
table. Dès les obsèques de Monsieur le
comte de Chambord à Frohsdorf, on voit
ceux qui avaient autorité pour parler,

soit pour interpréter la pensée du prince qu'on pleurait, soit pour engager le parti, venir saluer dans Monsieur le comte de Paris le chef incontesté de la Maison de France.

Une malheureuse difficulté de préséance est soulevée. Par une interprétation assurément fausse, on veut réduire les solennelles funérailles de Goritz, où quatre mille Français sont accourus, aux mesquines, proportions d'un deuil privé. Monsieur le comte de Paris, devenu l'héritier du droit, refuse d'en laisser dans sa personne méconnaître la dignité, il refuse de marcher derrière les princes étrangers, et les Français remercient par des adresses de fidélité et de dévouement le petit-fils d'Henri IV et de Louis XIII.

Parmi les serviteurs les plus proches, ceux-là mêmes qui composaient la maison de Monsieur le comte de Chambord, c'est le comte de Blacas, c'est le marquis de Dreux-Brézé, ce sont le marquis de Foresta et le comte de Vanssay, le comte de Damas d'Hautefort, le baron de Raincourt, M. de Cazenove de Pradines, le comte Adhéaume de Chevigné, le comte René de Monti, qui témoignent les premiers de leur soumission au droit et de leur respect pour l'hérédité.

- Les vieux noms historiques de France s'inclinent, les d'Uzès, les la Trémoille, les Fitz-James, les Doudeauville, les La Tour du Pin, etc. Dans le Parlement, ce sont MM. de la Rochefoucauld, duc de Bisaccia, de Carayon-Latour, de Lareinty, de Mun, de Kerdrel, Chesnelong, de La Rochejaquelein, etc. Parmi les chefs des comités royalistes dans les provinces, voici des chouans, des fidèles qui ont souffert pour la cause, comme le comte

Alexandre de Monti, comme les Lambilly et les Pignerolles, qui viennent, avec Charette et ses zouaves, protester en faveur de la tradition nationale.

La presse royaliste fut unanime. *L'Union*, avant de clore son honorable carrière, reconnut formellement Monsieur le comte de Paris *héritier légitime de la couronne, qui, de par le droit national, appartient au Chef de la Maison de France*, et elle exprima ses vœux pour qu'il fût donné à ce prince de restaurer la Monarchie traditionnelle.

Ce ne fut que quelques mois plus tard qu'on apprit par les journaux républicains qu'il y avait trois petites feuilles hebdomadaires, l'une à Paris, la seconde à Hennebont, et la troisième, croyons-nous, à Carcassonne, qui refusaient d'admettre la validité des renonciations de Philippe V ratifiées par Louis XIV et enregistrées par le traité d'Utrecht. Une brochure parut aussi, qui n'était remarquable que par des surprises généalogiques. L'émotion ne fut pas grande et elle ne s'est pas propagée. *Le Gil Blas* et *le Voltaire* se sont montrés les partisans les plus chauds d'une légimité d'autant plus embarrassée de se manifester que jusqu'à présent elle n'a pas réussi à trouver un Roi.

En effet, on a eu beau ressusciter à tort le nom éteint de Maison d'Anjou on n'a rencontré ni en Espagne ni en Italie un prince qui ait consenti à s'insurger révolutionnairement contre la mémoïre de Philippe V et de Louis XIV.

Don Carlos, duc de Madrid, écrivait le soir même des obsèques de Goritz à l'un de ses amis d'Espagne :

« Je n'ai jamais senti plus vivement que dans
» cette cruelle journée la force des liens indis-

» solubles qui m'attachent à ma chère Espagne.
» C'est à elle seule que j'appartiens, et je lui
» appartiendrai toujours.»

N'est-ce pas là le sentiment de
Philippe V *désireux de vivre et de mourir*
avec ses chers sujets espagnols, et en léguant
à toute sa descendance le lien inséparable
de leur fidélité et de leur amour?

On avait annoncé pour la fin du mois
de juillet une réunion privée, où le
mystère serait dévoilé et l'héritier
proclamé. Cent cinquante personnes
environ, en y dénombrant les femmes
et les enfants, ont eu la déception
d'apprendre qu'elles ne recevraient
qu'un souverain provisoire.

Franchement, si ce genre de plai-
santerie n'est pas dangereux, il est
triste et déplacé. Le sujet est trop
grand pour être ainsi traité. Il mérite
d'autres respects, ceux qu'on doit aux
neuf siècles historiques de la dynastie

Capétienne, ceux qu'on doit à la France. On ne joue pas avec des questions nationales.

Si l'histoire n'était pas là pour apporter· les preuves indiscutables du droit, est-ce que le simple bon sens ne nous crierait pas assez haut qu'avant toute autre condition, pour régner sur la France, il faut être Français?

Alphonse XII, qui règne en Espagne, s'honore sans doute des glorieuses origines de la Maison de Bourbon, mais il est Espagnol. Don Carlos, qui lui a disputé la couronne, est Espagnol. François II, qui a régné sur les Deux-Siciles, et Robert de Bourbon, sur Parme, sont italiens de naissance et appartiennent par leurs droits à la Maison d'Espagne (1). Ils sont d'illus-

(1) Ainsi, dans l'*Almanach de Gotha* le duc de Parme est-il qualifié *Infant d'Espagne*. De

tres descendants de nos anciens Rois,
mais ils ne sont à aucun titre nos
compatriotes. Ils n'ont aucun droit
chez nous, pas même celui d'être simples soldats ou électeurs. L'œuvre des
renonciations et des traités a reçu
cette consécration suprême du temps
écoulé, qui l'a faite plus irrévocable
encore, et ces princes le comprennent
si bien, comme nous, qu'aucun d'eux
n'a laissé mêler son nom aux hasards
ridicules d'une pareille équipée.

Tout ce qu'on a pu offrir aux curieux et aux reporters venus le 27 juillet à la salle de la Société de géogra-
phie, c'est que *bientôt* on aurait un Roi.

Ce *bientôt* est la négation la plus
formelle de tout droit monarchique.

même, dans l'*Annuaire officiel* d'Espagne, il fi-
gure parmi les chevaliers de la Toison d'Or
créés par la Reine Isabelle, sous cette mention:
19 Enero 1854. — INFANTE DUQUE DE PARMA.

Si vous ne l'avez pas présentement,
vous ne l'aurez jamais. Il n'y a pas
d'interruption admissible dans le droit.
Sa condition même et sa raison d'être,
c'est la perpétuité. Suspendu un instant, il a péri, il n'est plus, il ne sera
plus.

Vous pouvez le méconnaître, celui de
Monsieur le comte de Chambord a été
méconnu par la majorité des Français, ce prince est mort en exil; mais
quiconque déclarait reconnaître le
droit ne pouvait lui chercher un autre
représentant.

En fait, quand vous repoussez Monsieur le comte de Paris, la plupart de vos
arguments sont des arguments personnels et non de droit. Vous croyez que
vous ne parviendrez pas à lui imposer
votre programme, votre mandat impé-
ratif, vos passions, vos rancunes; mais,
soyez francs, dites-le, abandonnez le

6.

terrain monarchique. Vous voulez
discuter la personne, soit; soyez républicains, ou césariens si vous le pouvez. Dans l'Empire romain, cela se
passait ainsi. On choisissait dans la
famille celui des princes qui parais-
sait le mieux convenir. Seulement, ne
nous parlez pas alors des antiques lois
du royaume de France.

Nous, demeurant attachés à ces
doctrines, que Monsieur le comte de
Chambord a affirmées maintes fois avec
tant d'éclat et tant de force, nous
sommes fondés à vous déclarer que
vous êtes des révolutionnaires, incons-
cients peut-être et illogiques, mais des
révolutionnaires au premier chef.

Vous tentez d'introduire dans la Monarchie l'élément le plus essentielle-
ment contraire, le plus hostile, le
plus dissolvant : la discussion ou le
choix de la personne royale.

Il y a un siècle, ça se serait encore appelé la Pologne; aujourd'hui, c'est tout simplement la République.

Il y a là certainement une variété infinie de régimes, de systèmes de gouvernement, qu'on a pleine licence de mettre en avant et de proposer au pays. Offrez-lui, si bon vous semble, une dynastie nouvelle, un candidat agréé par vous; exposez-lui les titres personnels de don Juan, votre chef intérimaire, faites-lui connaître le fameux programme libéral, que ce prince publia en 1861, un peu avant de céder ses droits à la Reine Isabelle; expliquez-nous comment, forcé par le parti carliste d'abdiquer, il est par là même tout désigné pour faire notre bonheur.

Dites-nous encore si, après lui, à défaut de don Carlos, de son frère et de son fils, qui ont décliné vos offres, vous recourrez à don François d'As-

sise et à son fils Alphonse XII, car il
n'est pas probable que vous puissiez
descendre jusqu'au duc de Parme, qui
occupe parmi les descendants directs
de Philippe V l'avant-dernier rang, le
vingt et unième (1). Voilà des thè-

(1) On comprend qu'il ne nous appartient
pas de discuter ici la vie privée ou publique
de don Juan, prince étranger. Les personnes qui
désireraient des détails en trouveraient d'assez
curieux dans un ouvrage intitulé *Charles VII
et Ramon Cabrera*, publié par don Emilio de
Arjona, secrétaire de don Carlos. Quant au
droit de don François d'Assise et d'Alphonse XII, don Juan écarté, il primerait tous
les autres, et alors se trouverait réalisée cette
réunion des deux couronnes que le traité
d'Utrecht a voulu rendre impossible et que
l'Europe tolérerait moins encore aujourd'hui
qu'autrefois. Le duc de Parme n'a après lui,
dans l'ordre d'hérédité, que son frère le comte
de Bardi, et, à défaut des Espagnols propre-
ment dits, se verrait encore primé par tous
les princes des Deux-Siciles, par François II, ses
frères, ses oncles, ses neveux et ses cousins.

ses et des polémiques où vous pour-
rez déployer vos talents, personne ne
s'en scandalisera, mais à une condition : c'est que vous ne vous récla-
merez pas du droit monarchique français pour le fausser et l'outrager.

Quant à ceux qui croient à la nécessité du principe héréditaire, vous
ne ferez ni dupes ni sceptiques parmi
eux, l'histoire et le bon sens ne leur
permettent pas d'ignorer quel en était
le dépositaire, quel il est aujourd'hui.

Sans doute, Monsieur le comte de
Paris ne sera jamais ce qu'eût été
Monsieur le comte de Chambord. Quelle
idée vous feriez-vous donc des princes
si vous les vouliez comme des auto-
mates se répétant invariablement les
uns les autres ? Combien y a-t-il de
règnes qui se soient ressemblés ? Et
quel chemin parcouru de Hugues
Capet à Charles X ! C'est l'essence

même comme l'honneur de notre Monarchie que nos Rois, ayant *de notre
nation et de notre sang*, aient toujours
marché avec les générations nouvelles,
c'est la condition du progrès quand on
veut le conquérir autrement que par
des secousses sanglantes ou ruineuses.

Quand le pays, enfin désabusé par
tant d'expériences si cruelles, consen-
tira à revenir à ce principe, auquel il
a dû son unité, ses prospérités et ses
grandeurs passées, il retrouvera ce
gage de paix, de sécurité et de liberté
intact et fidèlement gardé par Philippe,
comte de Paris, chef de la Maison de
France.

·Paris, septembre 1884.

FIN.

TABLE

———

PARIS. — IMPRIMERIE CHAIX, 20, RUE BERGÈRE. — 7376-5.

www.ingramcontent.com/pod-product-compliance
Lightning Source LLC
Chambersburg PA
CBHW070824260626
47161CB00006B/2397